HA...

Dieser Comic beginnt nicht auf dieser Seite. Das **Demian-Syndrom** ist ein japanischer Comic. Da in Japan von »hinten« nach »vorn« gelesen wird und von rechts nach links, müsst Ihr auch diesen Comic auf der anderen Seite aufschlagen und von »hinten« nach »vorn« blättern. Auch die Bilder und Sprechblasen werden von rechts oben nach links unten gelesen, so wie es die Grafik hier zeigt. Schwer?

Zuerst ungewohnt, doch es bringt richtig Spaß.

Probiert es aus!

CARLSEN MANGA! NEWS
Aktuelle Infos abonnieren unter
www.carlsenmanga.de

CARLSEN MANGA
1 2 3 4 15 14 13 12
Deutsche Ausgabe/German Edition
© Carlsen Verlag GmbH • Hamburg 2012
Aus dem Japanischen von Kai Duhn, unter Mitarbeit von Rie Nishio
Demian Syndrome volume 7
© Mamiya OKI 2011
All rights reserved
Originally published in Japan in 2011 by
TOKUMA SHOTEN PUBLISHING CO., LTD.
German translation rights arranged with TOKUMA SHOTEN
PUBLISHING CO., LTD., through TOHAN CORPORATION, Tokyo.
Redaktion: Britta Harms
Lettering: Susanne Mewing
Herstellung: Björn Liebchen
Druck und Bindung: CPI – Ebner & Spiegel, Ulm
Alle deutschen Rechte vorbehalten
ISBN 978-3-551-75057-0
Printed in Germany

Sherlock Holmes
THE MOVIE VER.

✝ See You Next Stage ✝

• Einen Freetalk hatte ich ebenfalls schon lange nicht mehr… Vorneweg: Vielen Dank, dass Ihr Band 2
in die Hand genommen habt. Ich hatte anfangs nicht geträumt, dass »Das Demian-Syndrom« bis zum 2.
Band gehen würde… Ehrlich gesagt wag ich es nicht mehr, das Nachwort vom ersten Band zu lesen (Es
tut mir leid!). Die Geburtstage, die ich zu Beginn der Geschichte preisgab, hätte ich dem Manga-Geset.
folgend ohne Jahreszahl, einfach nur mit Tag und Monat angeben sollen. (Wir wechseln mal besser da
Thema…) Also, dieses Mal hat er gesagt: »Lass uns zusammen nach Nagano!« Soweit konnte ich sie
diesmal endlich bringen. Ich habe es geschafft, Azumas Burg, die mir wie eine eiserne Mauer vorkam
ein wenig einzureißen. Schön, Jo-chan, vielen Dank! So könnten von nun an noch mehr heitere Dinge
passieren (Bitte?♥). Dabei fällt mir ein, ich habe neulich eine Mail von einer Leserin aus Deutschland
bekommen… Und sie hat zu meinem Erstaunen anlässlich der Lektüre der Übersetzung dieses Manga-
»Demian« von Hesse gelesen (←ich bin irgendwie eingeschüchtert). Es gibt also auch in Übersee Leute
die das Schicksal der zwei beobachten. Bleibt den beiden bitte weiterhin wohlgeneigt, die sich hoffent-
lich bald als »Partner« bezeichnen.

Demian Syndrome
MAMIYA OKI & IDLE TALK

Das Demian-Syndrom

PRESENTED • BY • MAMIYA • OKI

Es ist zwar traurig, aber immerhin konntest du bis zum Schluss bei ihr sein.

Für eine Großmutter gibt es doch nichts Schöneres.

Wirklich schön…

…

»Ich habe nicht gesagt, dass ich will, dass du mich liebst.«

Welch überhebliche Worte…

Ich weiß, ich muss es akzeptieren.

Alles…

Und dann…

Tut mir leid.

Und danke dir.

Azuma ...

Äh...

Egal, lass mich einfach reden.

Ich imitier nur deine Spezialität: »Autarkes Handeln in Serie«.

Hör mal...

Ich versteh nicht, was du meinst.

Was meinst du?

Stimmt...
Ein Park
mitten im
Winter, es
war kalt.

Wir
hatten
schon mal
so etwas.

Tja, aber
zu sehen,
wie du dich
halb tot-
lachst, war
es wert.

Jo...

Hihi
...

... heu-
te war
schon
anstren-
gend.

Seitdem
ist viel
passiert.

Aber ich
hab mich
nicht groß
verändert.

SEUFZ
...

T-ja...

Ich hatte Zeit... Und die Connection.

... In der Tat, gut recherchiert. Wie du das wohl geschafft hast...? Ich bin beeindruckt.

»Was soll ich für Sie tun?«
...

Wie du schon sagtest... Ich hab beschlossen, von nun an ohne Verstellung weiterzumachen.

... würdest du jetzt wohl gerne von mir hören. Aber... Mach doch, was du willst!

!

... Ist das dein »Trumpf«?

Wie du wohl schon weißt.

Wenn du einen Sklaven brauchst, such woanders.

Es bringt ebenfalls nichts, ihm hier zu drohen oder zu hintergehen.

Und ...

Das ist sein Problem. Mich geht das nichts an.

Und was ist mit der Schuldirektor? Es wi einen Ska dal geber

Stimmt, aber mich will er eh nicht.

Kann mich nur demütig bei ihm entschuldigen.

Na klar. Das war doch nur zur Begrüßung.

Einen echten Trumpf hab ich noch im Ärmel.

Du bezeichnest ihn als Hund und Spielzeug. Für wen hältst du dich?!

Wenn du spielen willst, dann richtig. Begib dich selbst aufs Spielfeld und lass die hinterhältigen Belästigungen im Netz!

Wie uncool...

!!

Was ich gepostet habe, hatte für die Johoku verhältnismäßig kleine Strafen zur Folge, nicht wahr?

Die Grauzone, also die Sache mit Familie Hirashima hab ich auch ausgelassen.

War doch nicht von mir.

Oder soll ich weiterreden?

Schau, dein Freund ist neugierig. Willst du es ihm nicht erzählen?

ERRÖT...

Wenn das rauskommen sollte, wird selbst der Schuldirektor zur Verantwortung gezogen, der deiner Aufnahme zugestimmt hat, oder?

Du steckst in einigen Schwierigkeiten... Übrigens erstaunlich, dass du trotzdem von der Johoku aufgenommen wurdest.

Ich wär auf die schiefe Bahn geraten.

Und schwarz wird's bei »Satoshi Nadaka«.

...!

Na ja. Je mehr Details, desto interessanter wird's.

Weißt du?

Wenn dann noch menschliche Laune hinzukommt, könnte was Spannendes dabei entstehen...

dachte ich.

Tja, die da war wohl überflüssig.

Darum geht's doch nicht!!

Was willst du?

So eine aufwändige Einladungskarte, dann noch die Mühe, sie mir zu liefern... Du hast offenbar zuviel Freizeit!

Tut mir leid, dass das so platt war.

Ich gelobe Besserung.

Aha-ha...

Wie ein Kabarett.

Hey! Was redest du da?

Deshalb ist er jetzt auch dabei.

In der Tat. Im Vergleich zu deiner »Einladung im Netz« geradezu kindisch. Jeder kriegt das mit. Sei doch diskreter.

Hast du gehört, Naka? Freust du dich?

Oh, hat aufgelegt.

Ich hab selber so einen Freak.

...

Warst du das?!

Mein Tech-Freak sagte sogar, sein PC wurde gehackt...

und war ziemlich niedergeschlagen.

Ehrlich gesagt, hätte ich nicht gedacht, du würdest die andere knacken.

Welcome

Eine Einladung für dich…

Hab ich gerade eben von Imai bekommen.

Was ist das?

Stehst du nicht unter Arrest?

KICHER…

ZACK!

Da muss ich dich enttäuschen.

Aber du doch!

Sag mir erst mal, was das überhaupt ist?!

Wenn er mir nichts gesagt hätte, hättest du mir das verschwiegen?!

»Dann doch«?

Hihi

Gerade eben?

Hat also gezögert. Und sie dann doch dir anvertraut…

Erklär es so, dass ich's versteh!

Ausgerechnet die?! Aber warum Imai?!

Der dritte Mehrzwecksaal… Wo immer ein paar Fünftklässler rumgammeln.

Der sogenannte Santamo-Raum.

In der Jungenabteilung unserer Schule gibt es nur einen Ort, der in Frage käme.

»Freitag 22 Uhr im Raum 103. M«?

Was für ein Spiel?!

Na, junger Mann. Aus dem Wohnheim geschlichen für einen Nachtspaziergang?

Wie wär's mit etwas Gesellschaft?

Er macht so ein fröhliches Gesicht. Schön für dich... Das nervt!

Darum ist er...

Aha ...

Gut.

Er ha es...

... im letzten Moment doch noch geschafft.

Azuma ist dein Mitbewohner und Takayama Mitglied im Club. Und dann ist da noch so einiges...

Tasuku, das beruhigt dich doch auch, oder?

Haha– ha...

So können wir sorgenfrei die Schule verlassen.

BATSCH

!!

Hoho-hoho...

Hahahaha... Ei...Ein Tee-kessel...?

ER-RÖT

Wieso ?

Das ist...

Dieser Trottel!

Huhu...

Der Schwerenöter hat gelacht.

Taka-
yama
hat mir
etwas
verspro-
chen.

Erzähl
mal, was
vorhin
los war.

Ach,
weißt
du…

Was?

Und so früh
ins Bad…

Was
grinst du
so freude-
strahlend?

Hey…

Als er so
schlimm an
Heimweh
litt…

Etwas
verspro-
chen?

Bis zum
März, wenn
Sie Ihren
Abschluss
machen
…

… werde
ich Azuma
einmal zum
Lachen
gebracht
haben!!

Tatsäch-
lich war
ich es,
der ihm
gesagt
hat…

…
das nur
zu gern
einmal
sehen zu
wollen.

HÜSTEL

...

H... Herr Wohnheimsprecher.

Was?

Ich werd der Lehrerkommission berichten, dass es zwar etwas ausgeufert ist, aber Teil einer vom Wohnheim getragenen Freizeitveranstaltung war.

Du darfst aufs Zimmer.

Es ist nun mal schön, wenn sich die Stimmung im Wohnheim bessert. Auf welchen Weg auch immer ...

Ehrlich gesagt, euer Fall hat mir Kopfschmerzen bereitet.

Aber bitte nicht noch einmal!

Ich will das Wohnheim ja nicht zu einem Ort machen, an dem man keine Luft mehr kriegt.

Avatsch!

?!

Ein Senpai

Hey, Takayama.

Oh, er kommt raus.

Zeig mal dein Gesicht ...

ZOOM!

KNACK...

Da du nichts tust, mache ich es.

Diese abscheuliche Entwicklung werde ich ändern!!

Da Kimi-san gestorben ist, habe ich keinen Grund mehr, das hinauszuschieben.

Richtig... Ich war auf der Flucht. Da hat er...

Dieses Problem löst sich nicht, nur weil man den Täter ausfindig gemacht hat.

Wie soll ich Jo nur ...?

Ehrlich gesagt, hatte ich keine Erwartungen.

Halt's Maul!

Spielst du den Lehrer?

Ist doch egal jetzt!

Eine

Das hier ist wichtiger!!

Frauuu...!

Hey, habt ihr nicht dringlichere Fragen an ihn...?

Die Kimono-Schönheit!

Seid ihr wirklich zusammen?!

Was für eine Art Beziehung?!

Seit wann?

WAAAH...

WAAAA

Aber weil er so dickköpfig ist, wollte ich ihn einfach machen lassen, wie er will...

KLIRR

WAAAAH

Azuma!! Was ist denn nun mit dieser Frau, äh, Dame...?

STAPF STAPF

HWAAAH! A

Gyaaaah!

Dass die meisten hier Einfaltspinsel sind, die einem nach der Pfeife tanzen, wenn man sie geschickt provoziert.

Koba-yashi war auch auf dem Handy-Foto drauf. Nicht waaahr?

Was meinst du? Nur das, was du gesagt hast…

Maki-chan, was hast du ihm denn erzählt?

Oje. Die sind ja außer Rand und Band.

Empore überm Speisesaal.

Der hat gute Nerven.

Wollen wir irgendwo hin, wo wir allein sind?

Puh…

Aber dass er das tatsächlich in Tat umsetzt…

Gyaaah!

Gyaaah!

Einfach so, von gestern auf heute… beeindruckend.

Jung sein ist gut.

Warum sind sie hier…?

Geht instinktiv in Deckung.

Maki… und Kobayashi von Jambus?!

Aber das sind wirkliche Idioten.

Soll ich die auch noch aufnehmen?

Niki aus der Fünften

QUASSEL RAUN... QUASSEL

Das verneine ich nicht. Und weil ich es ehrlich gesagt lästig fände, wenn ihr uns ausspioniert, werde ich euch nun ein wenig über uns erzählen.

Ihr habt Recht, Azuma bedeutet mir etwas.

LABER

Ach ja, das muss ich ja noch erzählen...

Jetzt geht's los.

Du wirkst auf dem Foto ziemlich erregt.

...Wie viele Frauen auch immer. Solange dies eine Foto als Beweis existiert, kann er sich nicht rausreden.

Ach, deshalb solltest ich vorne stehen?

Oh... Ja.

Nicht wahr, Kurachi?!

BÜRGE 4

... und darum habe ich schon seit der Elementarstufe in allem mit Azuma konkurriert...

Ich muss dazu etwas zurückgehen... Eigenlob stinkt zwar, aber ich war in allem ziemlich gut...

Aber er hatte in derselben Zeit Umgang mit einer echt hübschen Dame... Noch dazu eine Kimono-Schönheit, älter und mit sanftem Wesen!!

Ich hatte mich schon für den Sieger gehalten, als ich in den USA Freundinnen hatte.

PRRRZZ

Kein Interesse.

Tetris Score: 800.000

Wie niedlich... Er kramt Kindheitserinnerungen hervor.

Es stimmt! Dafür kann ich mich verbürgen.

QUASSEL

Hey, in welcher Szene bist du so unterwegs …?

Was? Ich?!

J…Ja.

Ich verschweige mal, dass sie sich offenbar schon vorher kannten.

… Kobayashi-kun und die anderen.

Durch Zufall habe ich sie da getroffen …

Nicht wahr, Hattori-Senpai?

Sie sind tatsächlich noch gekommen.

BÜRGE 3

In den letzten Winterferien wurde ich für eine Party der Studenten…

… in irgend einem Club als Aushilfe eingespannt …

NERV

Wie sollen wir die fragen? Idiot!

Also wenn ihr glaubt, dass ich das alles nur behaupte, fragt bitte sie.

Ein Grünschnabel, der gerade in die vierte Klasse gekommen ist?

Meint ihr, dass ich mich ihnen hätte widersetzen können?

Die Details überspring ich mal… Jedenfalls haben sie es zufällig rausgekriegt und mit ihrem Senpai-Charme haben sie meine Fotos einfach mitgenommen.

Die Absolventen sind doch auch beschäftigt, man kann sie nicht einfach treffen. Also

Und? Was ist mit der Sache mit Azuma?

Was ist?

Los, erzähl die Geschichte weiter, O-Jo-chan!

Was für eine Versammlung?

Einer aus deinem Zimmer.

Wer ihm nicht zuhören will, geht raus. Ihr stört nur!

Hey, seid still!

Du borgst dir Jambus' Autorität, damit wir dir glauben?

Wie dreist!

ALLES KLAR BISHER?

Das mit Tasuku-Senpai, der mir jeden Tag hilft, ist ja noch zu verstehen. Aber dann noch jemand, mit dem man nur mal zusammen Schnee schippt... Was für eine Schule ist das?!

Mir kann keiner Vorwürfe machen, wenn ich der Meinung war, dass sei normal an dieser Schule...

Was meint ihr?

~Ist noch zu verstehen~

Sag mal...

Ist das wahr, mit den zehn Freundinnen?

Zeig uns Fotos! Beweise!

Dummkopf!

Er hat's bestimmt nur erfunden!

Wie unverhöhlen.

Wie alt bist du eigentlich?

Joschan ist süß.

Also das ist nur eine offizielle Ausredenerklärung.

Ach, so ist das?

Ist doc... eine A... rede...

Genau! Echt komisch!

Feigling!!!

Wieso?!

Wann das?!

Waaas?!

Von Jambus?! Warum deeeer?!

Maki...?

Vor kurzem kanntest du nicht mal den Namen der Band!

Jetzt hat er schon wieder nebenbei so'n Ding rausgehauen...

HÄ?

Er sonnt sich im Licht der Großen.

Ach ja! Der Student Maki-san und Absolvent Kobayashi-kun haben schon mal Fotos von ihnen gesehen.

Wenn ihr so neugierig seid, fragt doch mal die Senpai.

Also... durch Worte kann ich wohl nic... beweise...

Obwohl du auch erst in der vierten warst, wurdest du eingespannt und hast fleißig gearbeitet.

Du hast es beobachtet, nicht wahr?

Azuma!

Halt mich da raus!

Eine falsche Anschuldigung! Das behauptet er nur so …!

QUASSEL

Lüge!

FÜÜÜ...

Mich, den braven Kohai, der mitten in der Nacht freiwillig beim Schneeschippen hilft, um Erfahrungen zu sammeln…

Moriii… ♪ Stimmt das? ♡

Obwohl wir bis dahin kaum miteinander geredet hatten, hat er mich ohne zu fragen geküsst.

Klar, ich war wütend.

Depp!

Und, der Letzte?

türlich r da!

Iteee!

Oh, hast du's echt getan?!

♪ Du…

Mori

AH!

Idiot!

ch a.

Bäh!

WAS ?!

Er war das also ?!

Der Beobachter, den du meintest, war Azuma …?

Deinen Komplizen zum Zeugen zu machen, ist nicht unbedingt glaubwürdig.

BÜRGE 2*
* schaufelt sich das eigene Grab

Ich war er-schrocken. Vor allem über die Bemerkung des Vize-Kapitäns, der uns zufällig sah: »Denk einfach, du wurdest von einem schlecht erzoge-nen Hund ge-bissen.«

Der erste war gleich nach mei-ner Ankunft im Clubraum der Fußballer. Mein Gegenüber war Sakurai-Senpai, der als Kuss-Mon-ster berüchtigte Kapitän.

Gyaaah...

Übrigens, alles Männer.

Neiiin!

Ahhh!

Nun wird's ernst.

Ich werde heute über das interes-sante Thema **Küssen** prechen.

Nun... Seit ich im September an diese Schule kam, habe ich mich auf dem Schul-gelände dreimal mit unterschied-lichen Personen geküsst.

BÜRGE 1

Was, ich!?

tha—
na...

Ach ja... Das war so.

Drei Mal ?!

Stimmt, ich auch... Ob-wohl, gerade noch ent-kommen...

Nicht zu ver-gleichen!

Na, wie sieht's aus? Insbeson-dere beim Fußball-Club?

Das muss also schon zu so einer Art Sitte geworden sein. Demnach bin ich bestimmt nicht der einzige, der vom Senpai als Scherz geküsst wurde.

Oh nein! Das sagt der so un-geniert ...?

Irgend-wie ver-geht mir die Lust...

LATTER

Taka-yama-san...

Dieser Typ ist das Letzte. Außer Frage!

Mit dem kann man nicht reden! Weiter!

Weißt du, wie viele Brötchen du im Leben gegessen hast?

Na, was sagst du?!

Lasst uns Tasuku fragen. Wie viele waren's ?

STOLZ

SCHLEICH...

Warum ist Azuma-kun nicht mit auf der Bühne?

Es war meine Entscheidung, das hier zu machen.

Klipp und klar ...

'Ne Frage!

Richtig genau!

Was soll das? Sei eindeutiger!

Es geht, wie ihr wisst, um das Fehlverhalten eines Schülers, welches vor einigen Tagen durch Posts im Schülerblog enthüllt wurde...

Den Hauptbetroffenen Azuma kenne ich nicht so gut, also lassen wir ihn mal beiseite...

... Hahaha. Wie rührend.

Heißt das, du nimmst ihn in Schutz?

Ich hab ihm gesagt, er soll einfach nur still zugucken. Wenn er mitmachen will, wird er schon von sich aus ankommen.

Azuma, du musst doch auch was sagen.

Ist er ein Bär?!

Brauchst du ein Mikro? Hier.

Füüü-füüüüt!

BWA-HAHA ...

Und deshalb hast du dich an ihn rangemacht?

Hey! Hier spielt die Musik!!

Ich rede!

Oh, bitte nicht. Wie eklig.

Es bringt nur nichts, sich in Idioten-Angelegenheiten einzumischen.

Es ist nicht so, dass ich mich verstecke.

Oh! Er kommt!

...

Eine un-erwartete Wendung... Interessant.

Hätte nicht gedacht, dass Takayama eine »offizielle Erklärung« abgibt.

Ah, es kommt. Der Stream ist in Ordnung.

Niki, alles okay!

Was für ein idiotisch geradliniger Typ.

Was hat er nur im Sinn?

Da ich so eine Menge nicht erwartet hatte, bin ich ein wenig überrascht.

Ich wollte zu kleinen Gerüchten oder Mutmaßungen, die wegen dieses »Vorfalls« über uns in Umlauf sind...

Tja... Er ist einer, der auch tut, was er verspricht. Es wird schon klappen.

... mit meinen eigenen Worten eine Erklärung abgeben.

Shi-ba!

Komm her!

100% BEOBACHTER-STATUS.

Wo wir doch bald unseren Abschluss machen.

Bis zuletzt bereitet er uns Sorge.

Nee, gar nicht.

Tasuku, was ist das hier...? Bist du daran beteiligt?

Red keinen Quatsch!

Ich versuch, mich kurz zu fassen. Wenn ich fertig bin, geht bitte wieder an die Arbeit.

Mein tiefster Dank gilt allen, die extra ihre Arbeit niedergelegt haben und hier-hergekommen sind…

Bei fast allen Klassen müsste gerade die Zeit zum Putzen ihrer Bereiche oder Unterrichts-schluss sein.

Hey!

Ähm… Zunäch möchte i drei Din sagen.

Erstens …

Ich will hier vor der Sperrstunde vom Wohnheim wieder auf-räumen, bitte helft dabei.

Zwei-tens …

Ich werd draußen Wache schieben.

Argh!

QUASSEL

He, was soll das denn jetzt?!

QUASSEL

QUASSEL

QUASSEL

recording

… Drittens: Trotz dieses kurzfristigen Mund-zu-Mund-Auf-rufs seid ihr heute…

… so zahl-reich er-schienen. Vielen Dank!

Willst du uns gar nicht be-grüßen?!

Drittens …

Hey, hey!

FÜÜÜÜT

QUASSEL

Durch mein Ge-schimpfe mit ihm bin ich jetzt in Kampfes-laune.

Also, alles wie besprochen, bitte!

Egal!

H ist oka

Azu-ma...Ihn betrifft es doch auch.

Wa der ?

Los geht's!

Kabellos wäre wohl kompli-ziert.

Also mit Kabel...? Oder ganz ohne?

Hm... Weiß nicht.

...

Ich brauche eure Hilfe ...

Tja... Irgendwie wird's schon gehen.

Ob wir das wirklich durch-ziehen?

Wär nicht ein Aushang besser?

Ich möch-te nichts in Papierform hinterlassen. Von Mund zu Mund wär mir lieber.

Morgen möchte ich ein Gerücht streuen.

Gestern Abend...

Azuma
?!

...

Wir haben uns vor dem Wohnheimsprecher versteckt.

Nicht schlecht, dass du uns gleich im Klavierzimmer gefunden hast.

Un- heim- lich!

Doch wütend?

Was?

Er war doch auf dem Zimmer. Schließlich hat er Arrest.

He, wo hast du gesteckt? Ich seh dich zum ersten Mal heute.

Du tauchst erst jetzt auf?

Ach ja, Takayama!

Ihr seid zu einfältig!

Wenn ihr nicht in der Küche seid, bleibt nur noch dieser Ort im Obergeschoss.

Mal wieder ohne Genehmigung!

RUMOR...

SCHLÄNGEL...

Wieso sind hier so viele Leute um diese Uhrzeit?

Sogar Heimschläfer ...

► Schleicht gerade ins Wohnheim zurück

Was ist das?

Ich war erst am nächsten Tag nach dem Unterricht wieder im Wohnheim.

Sag mal...

Was ist das?

Ging's zum Speisesaal hier lang?

Was macht ihr hier ?!

RUMOR

RUMOR

Heimschläfer

RUMOR

Hä?!

Habt ihr s nicht mitekommen? m 16 sollen uns versammeln, sagt Takayamakun...

Bis dahin hatte ich einige Mails mit Sakurai-Senpai gewechselt ...

»Du musst unbedingt vor 16 Uhr zurück sein«.

... steht da.

Heute haben wir schönes Wetter.

Bringst du mich in den Garten?

Pı...

Pı...

Wie tö-richt!

Du hast zu ihm gesagt, deine Rolle sei zu Ende?

Ich hab es heute gehört.

Er war so eingeschüchtert, er dachte, er kann dich nicht ersetzen...

Dass du ihren Enkel suchen sollst, hat dir der Herr zwar gesagt...

... aber nur, weil er wollte, dass du dich weiterhin um Hirashima... um unsere Madame kümmerst.

Um dich an dieses Haus zu binden...

Akio...

Ma-dame?

Akio ist stark. Das meiste kann sie davonjagen.

Und ihr wird auch nichts zustoßen.

Was …?

Also dann gibt's ja kein Problem.

Opa und ich. ♥

Wir sind in einem Alter, da wundert man sich nicht, wenn man plötzlich abgeholt wird.

* Eine japanische Schwertlanze.

Oh, Akio-san… Der Junge hat Angst.

Itoho…

…

Ach, das ist doch schon ein halbes Jahrhundert her.

Sie waren doch auch Naginata*-Kämpferin.

Neulich hat sie mal gewisse Kerle unterhalten.

Wegen ihrer Wildheit hab ich sie in einen Kimono gesteckt, aber so ist sie noch bedrohlicher.

Nicht wahr?

Opa hat dich hierher gebracht. Du musst ein guter Junge sein.

Es gibt nichts, vor dem man Angst haben muss.

Hmpf ...

LÄCHEL ...

Sei will-
kommen!

Seid ihr
verrückt?

Ich könnte
ein Unheil-
bringer
sein.

Ein völlig
fremdes
Kind einfach
so ins Haus
lassen...?

... Du
oder ...
das ko-
mische Oh, wer
Väter- könnte denn
chen sterben?
...

Oh.

Hey!

Vielleicht
stirbt heute
Abend
jemand.

Was
redest du
da...?

Ma-
dame!

Was, wenn sie stirbt?

Ich bin ein echter ...

Am Tag davor wurde ich von meiner Mutter fast getötet, und ich habe sie verletzt.

Sie wird's schon schaffen... Sie hat noch geatmet.

Ich war von zu Hause fortgelaufen. Ich rief den Krankenwagen...

... und bin sofort aus ihrer Wohnung verschwunden.

Haha ...

Du bist ein Unheilbringer!

Genau wie meine Tante es gesagt hat.

TOK

Ach was, Junge ...

Bist du ausgerissen?

Aber was kann ich dagegen tun?!

Scheiße!

KA-DENG

Darum laufen sie vor mir davon?

Sogar er...

...

Wenn ich dabei wäre, wären alle unglücklich...?

Richtig... Ich hab's nicht mal zu Großvaters Trauerfeier geschafft.

Es tut mir leid Takashi

Das Demian-Syndrom

Ich habe einen Plan.

Morgen... brauch ich eure Hilfe.

Danke fürs Essen!

... Tja, man sieht's ihm schon an.

Mag gar nicht fragen...

Ähm ...

... praktisch, dass auch Oda da ist.

WAH!

Du fällst nur wieder !!

Was machst du da?!

Ich komm jetzt rüber.

Ich mach dir den Notausgang auf.

Geh kurz zur Seite!

Wann denn?!

Da sind Sie!

Dank dir vielmals. ♥

Ah!

Utchi? Mit dem Seil konnte ich gut klettern.

Takayama-san!

Und hopp...

Kein Ding... Willkommen zurück.

Ich hab's von Imai-kun gehört...

Häh?

Das packt er schon...

Machst du das öfter?!

Wann ist er ?!

Egal, komm schnell rüber!!

GRAB

Was red ich?!

Sie sind echt geklettert ?!

Alle beisammen ...?

Oh... Huch?

Hat es wenigstens was gebracht?

Pah! Ihr...

Na ja, schon gut.

Nein. Ich hab nur ein Memo für 2G bekommen ...

Aber dachte mir, dass Sie diesmal sehr wütend werden würden...

Imai, du auch?! Wie gemein!

Überhaupt... Uchiyama, wusstest du davon?!

MAMPF MAMPF

Und?

Wo warst du nun, Takayama ...?

ODA

Na ja, es wär gelogen, wenn ich behaupte, ich hätte kein Interesse an dir.

Es ist nicht meine Art, in anderer Leute Privatleben rumzuschnüffeln.

Sie haben…

Sie haben sich nichts anmerken lassen, bis heute…

Ehrlich. →

…

übrigens reifach ssvort- schützt!

Wenn das an falscher Stelle durchsickert, ist das Gerede erst recht groß.

Ehrlich gesagt, war ich mir unsicher, ob ich dir diesen Film zeigen sollte.

Huch?

Nicht wahr?

B R A V … ↓

Ich seh zwar indiskret aus, bin aber verschwiegen.

Ja.

Eigenlob stinkt!

Sie sagten mal, dass ich mit Ihnen nicht zurechtkomme, rühre von meinem »Sippenhass«… Das habe ich nun eingesehen.

Es ist wahr, wir sind uns ähnlich.

… Sie haben ein erstaunlich gutes Pokerface.

Aber kurz darauf ging es ihm plötzlich schlecht und wir gingen vorzeitig…

An das Konzert kann ich mich gar nicht erinnern…

Vor zwei Jahren…

… bat mich Opa, zu helfen. Er nahm mich mit, um den Rollstuhl zu schieben.

…

… Und der hier, der den Rollstuhl schiebt, das bist du.

Da!

Kurz erfasst die Kamera die Frau des Ex-Präsidenten…

Ich hab es auf einem großen Fernseher gesehen und war völlig überrascht.

Als wir neulich zu Neujahr Verwandte zu Besuch hatten, haben wir diesen Film gezeigt. Da hab ich dich entdeckt…

Ich wusste nicht, dass so eine Aufnahme existiert…

… aber ich sehe, dass dir diese Leute wichtig sind.

Sag mal… Sie sind nicht wirklich entfernte Verwandte, oder?

Ich weiß zwar nicht, wie es dazu kam…

Genau! ♡

…

Ach, Quatsch. Das war echt Zufall.

Sind wir jetzt hier, damit Sie mich erpressen können?

Itahaha! Was für eine Anschuldigung!

Die alte Dame ist doch Kimi Hirashima, nicht wahr?

Wenn sie dir wichtig ist, solltest du gehen.

Und immerhin ist da eine, die dir so 'ne Mail schickt.

...

Sen-pai...
... ich sagte doch ...

!!

...?

Sie dagegen soll eine sehr bescheidene Person aus einer Adelsfamilie sein, die sich auch bei offiziellen Angelegenheiten selten blicken lässt ...

Ich habe gehört, sie sei krank.

Die Frau des ehemaligen Präsidenten der Hirashima Gruppe... der vor einiger Zeit gestorben ist.

Teiyu Hirashima soll als Jugendlicher ein komischer Kauz gewesen sein, der für seine Freiheit und Ungezogenheit bekannt war.

KLAPPER!!

Wo-her...

Was um Himmelswillen...

Du hast diese Dame im Rollstuhl mal begleitet, stimmt's?

Und was ist mit dem echten Enkel …?

So oder so bist du nur ein Ersatz.

Ist das nicht irgendwie traurig?

Das weiß ich. Darum bin ich nicht so sonderlich…

Akio
treff: Madames stand kritisch

Weile ging es ihr gut, nun hat sich ihr und plötzlich verändert. e Nacht wird entschei- d. Takashi, falls es glich ist, bitte komm sehen.

Was redet sie da… Auch wenn ich jetzt noch mal hingehe…

… gibt es nichts, das ich für sie…

Als ich sie zum ersten Mal traf, war ihr Gedächtnis noch in Ordnung…

Komm he Junge.

Draußen war es sicher kalt. Schön, dass du da bist.

Du darfst hier so lange bleiben, wie du willst.

…

Obwohl er bisher gar nichts von uns wissen wollte...

Oh ...

Ich war im Restaurant vor dem Krankenhaus.

Ihn hat es offenbar die ganze Zeit beschäftigt, er ist dort herumgelaufen.

Ich bin Takashi Hirashima ...

Entschuldigung...

Takashi, was hat das zu ...?

Aber woher wissen Sie dann von dem Krankenhaus...?

Das... hat Takashi... kun...

... Tut mir leid, ich hatte keinen Mut, direkt anzurufen.

Oh nein... Sie hätten sich einfach melden können.

Um meinen Ofen kümmert sich jemand anderes?!

Im letzten Brief stand... dass sie nicht mehr lange hat.

Und das hat mich beschäftigt.

Ich habe ihm gesagt, dass ich weder Mailadresse noch Handy habe. Dann hat er mir immer Briefe geschrieben...

Natürlich!

Da mein verstorbener Vater mir erzählt hatte, dass ich keine Großeltern hätte...

... konnte ich es anfangs kaum glauben ...

Er ist sogar nach Kamakura zu meinem Ofen gekommen ...

Naka-san?!

Das hat mich überrascht.

... Takashi, falls es möglich ist bitte komm sie sehen!
Als Madame vorhin kurz die Augen aufgemacht hat
Akio?
Was noch ...?
Der Takashi, den wir gefunden haben aber das Ende solltest besser doch du
Takashi, das Ende solltest besser doch du...
KLAPP
Was ich tun konnte, habe ich getan.
Da ist nichts, das ich bereuen müsste.

Was mag das wohl sein?

Ich geb's dir auf dem Zimmer.

Hier

Hurra! ♡

Von Miya-saki.

...!

ZUCK

Betreff:
Madames Zustand kritisch

Eine Weile ging es ihr gut,
aber nun hat sich ihr Zustand
plötzlich verändert.
Diese Nacht wird entscheidend.

... Ach so...

Akio...
Sie arbeitet schnell.

!

.. Takashi, falls es mög
bitte komm sie se

MAIL

KLICK

Und wenn sie nun herausbekommen, dass Takayama-san gar nicht im Zimmer ist...?

Bekommen wir nicht auch Schelte?

SCHOCK

Zimmersprecher Maehara!

... 2G

Ich vermute, e ist ihm z peinlich u er bleibt Zimmer

Ist er nicht einfach krank?

Pass auf, dass daraus keine Gewohnheit wird.

Was ist mit Takayama?

Oh...

Ja, Herr Wohnheimsprecher...

Isst er auf dem Zimmer?

Jawohl!

Klar, ganz bestimmt.

Essen wird er es ohnehin.

Ihr...

Lasst uns erst mal sein Essen aufs Zimmer bringen.

Ach ja, hatt ich ganz vergessen.

Langsam kriegen wir Routine.

Stimmt.

Wo der Wohnheimsprecher gerade zuguckt.

Imai, ich hab was für dich bekommen.

Gut!

Hier... Ich habe Brot geschnitten.

Dieser Esel! Wohin ist er überhaupt gegangen?

Das ist nun der Dank dafür?

Nein... nichts Auffälliges.

Hm...

Flapp

TAR TAR TAR

ROOM 103

Gab es seitdem irgendeine Bewegung?

...a, kein ...under.

Haben wir die Hürde zu hoch gesetzt?

...war nur ein Scherz.

Wollen wir irgendwo hin, wo wir allein sind?

CANDY CANDY

Kein Problem. Ich hab nebenbei noch eine Einladungskarte vorbereitet.

Die Hauptdaten haben wir ja schon.

PythagoraSwitch!

* Universität der Johoku (derselbe Campus)

Hier warst du also, Orange-kun?

Oje...

Bin das erste Mal seit Monaten hier auf dem Uni-Gelände.

Oh...

Warte!! Ich komm doch mit!

Was?

Musst du nicht!

Du störst nur!

Mich beschäftigt das doch auch!

Willst doch nur schwänzen!

Sei still!

Tust du doch auch!

Hurra! Wie schön! ♡

Natürlich...

... um zu verhindern, dass mein Liebster ein heimliches Date mit einem süßen Jungen ♡ hat.

Du weißt doch, wer ich bin, oder?

Un-glaub-lich, oder?

Ich hab so lange gefehlt, dass es mir ganz fremd vorkommt...

J...Ja! Maki-san von »Jambus«.

Aber wieso...

* Erster Auftritt seit der Party im 3. Band

»JUNK VERDURE WOLVES«

Hatte er nicht beim Leistungsbericht neulich auch eine Funktion übernommen?

Sieht beschäftigt aus...

Nächstes Trimester kommt er ins Komitee. Er sagt, er hat viel mit der Einarbeitung zu tun.

STAPF

STAPF

STAPF

Heeey!

Sorry... Takayama überlasse ich euch! Bis dann!

Oh, ich muss los.

Er hat nur Takayama geholfen...

... meine ich.

Was hat er...?

Jagt einem ja Angst ein...

Sagt Bescheid, wenn ich helfen kann.

Ist er etwa Takayamas Manager?

Oder Mutti?!

Eine einfache Frage.

Na ja...

Aber überhaupt warum gerade er?

Der eigentliche Aufpasser war doch Kasahara.

Er macht einem alles vor.

Auf Azuma ist zwar Verlass, aber er ist kein Typ zum Zusammenarbeiten.

Hm

Wundert mich nicht, wenn ihm ein Manager zur Seite steht. Wo er schon nach drei Monaten auf der Schule den Leiter macht.

Tja

ERNST...

»Beobachter gleich Täter...«

Murmel...

Es gibt immer jemanden, der ein schlechtes Los zieht.

Oh nein!

An dem Tag als wir den Leiter gewählt haben.

Weil er zufällig der Tagesleiter war?

Aber diesmal wird auch er es nicht lösen können.

Wenn möglich ...

ZACK

?!

Raschel

Taka-yama-san...?

Die Umgebung vom Gewächshaus ist mein Territorium.

Ich war es, der erschrocken wurde!

... Was machst du da?

Für die neue Halle. Ich wechsel die Töpfe für die Absolventenfeier.

Ach so.

RASCHEL

Ich dachte, ich wär allein...

BU-BUPP
BU-BUPP

W...W... Was denn, Yuki?!!

Du tauchst überall auf.

Hast mich erschreckt!

Aber dass diese Sache nicht öffentlich wurde, ist Glück im Unglück.

Azuma... macht uns ganz schön Ärger.

...

SEUFZ...

Da hat mir mein Vorgänger ja 'ne schwer zu knackende Nuss hinterlassen.

... mit Takashi Nadaka ...

Na gut... Wie soll ich vorgehen?

Mit Azuma... Nein...

Verdirb mir nicht mein Experiment. Kleine Gimmicks erhöhen den Spaß.

Danke!

Ja, der Pythagora Switch*

Wurde bei dir ein Schalter umgelegt?

Oha...

* Name einer Kindersendung auf dem NHK Education Channel.

Wär's nicht schneller, wenn ich ihn ihm gebe?

Was für ein Umweg

Was? Über Maehara?

... und vom Motorradfahren nicht umhin, den Austausch von Takashi Azuma zu widerrufen.

... kommen wir angesichts dieser Bilder vom Kampf...

Obwohl jetzt noch keine Antwort von der Polizei vorliegt...

Teachers

Aber er muss einen Grund gehabt haben.

Na ja, er war schon immer schwer zu durchschauen...

Es ist kaum zu glauben...

Aber dieser Azuma...

Sie haben Recht.

...

Hensel

Ich mag's mir jedenfalls nicht vorstellen.

Wenn er das plötzlich so würdevoll zugibt, stürzen die Leute um ihn in Verwirrung.

Mir schon.

Ehrlich gesagt, mir macht es nichts aus, wie ihre Beziehung ist.

Auf Kurachi scheint diesmal kein Verlass zu sein.

Er packt sofort alles aus.

Verdammt! Azuma ist zu distanziert zu allen und Takayama ist zu geradeaus ehrlich.

Sie sind beide einsame Wölfe, die lieber ihren Weg gehen ...

Weißt du, wenn er jemand wäre, den ich nicht mag, wär's mir ja egal... Aber...

Ja... ich weiß...

Oje, in gewissem Sinne passen sie gut zueinander.

Was willst du? Mein dämlicher Nachbar hat Hausarrest und ist nicht da.

Oh...

Hä?!

NAGAI

Stimmt ja...

AZUMA'S

SAJI

Haaaa?

Das kann nicht sein, er zeigt mir nicht mal seine Notizen!

Oder nur mir nicht?!

Erst dacht ich, er verachtet mich

Stimmt gar nicht! Nicht wahr, Nagai?

Genau. Azuma ist netter als er aussieht...

Außerdem wird er dir nix erklären!! Redest du im Schlaf?

Jetzt macht aber mal halblang!!

Ha... Ha... Ha... Halt, ihr zwei!

Nagai und der da hatten neulich nach dem Unterricht von Azuma Nachhilfe bekommen.

Ich war erstaunt, er erklärt so gut.

Genau.

Er war so kompetent, ich war fast verknallt.

AHA HA HA !...

Außerdem hat er Notizen kaum nötig.

WACKEL...

ERRÖT...

Aber nicht weil er gemein ist, sondern nur weil du es ohnehin nicht verstehen würdest.

Und selbst wenn, wer von uns kann schon Steno lesen?

Nee… Sie haben mir schon genug geholfen.

Es genügt schon, wenn Sie weiterhin nix erzählen…

Ob Verwandter spielen, Bürge werden oder als dein Postfach fungieren.

Ich werde dich unterstützen, wo ich nur kann.

Aber es stimmt doch. Du bist mein Retter.

Seine Hände waren voller Blasen.

… Konnte er mit der Axt umgehen?

Er hat schweigend fleißig Holz gehackt.

Ach ja, neulich war dieser Junge hier.

Takayama-kun.

Hahaha...

Jaja, der ist immer noch wie früher.

…

Geradlinig und stur.

Hahaha...

Jin-Sensei hat es ihm ja direkt vorgemacht.

Tja, fürs erste Mal war's nicht schlecht.

Was?

Der Schuldirektor?

… Tanaka-san…

Das klingt toll.

Irgendwann möchte ich einen Wild-vögel-Blog machen.

Dank dir läuft alles gut. Dass du so viel ein-gestellt hast, hat mir ge-holfen.

Prima! ♡

Ich kenne mich nicht so gut aus.

Übrigens, wie läuft Ihr PC seither?

Nein, gar nicht. Nur 50 mal.

Ich hab dich mit meinen Fragen genervt.

Danke für die Geduld mit die-sem alten Knacker.

Du bist halt ein guter Lehrer, Takashi-kun.

Meinst du…?

Früher konn-ten Sie nicht mal tippen… Bravo!

Lassen Sie uns diese Geschich-te ver-gessen.

Ich war vielleicht er-staunt. Ein Mit-telschüler, der die Buy-and-Sell-Points vom Fünf-Minuten-Chart abliest und kommentiert...

Etwa die, die dir Day-trading beige-bracht hat?

Ähm … ja.

Eine Lehrerin? Von dir?

Meine Lehrerin war absolut spartanisch und wurde mir zum Gegen-beispiel!

Und wieso drehst du dann um?

Es ist nicht so, dass ich nicht gesehen werden darf…

Hoho…

Guten Morgen, Tanaka-san.

Was hast du diesmal vor?

KRRRS

RASCHEL

Da sind Leute, die die Bäume untersuchen.

… Oje, oje…

Hmm…

Ich.

Wer?

Ehrlich gesagt hab ich Hausarrest im Wohnheim.

Keine Sorge, nichts von dem.

Ha ha ha

Was war…?

Oder die Täuschung mit dem Bürgen?

Deine Examensteilnahme als Ersatzmann?

Und? Was ist rausgekommen?

Lange nicht gesehen.

Hey, geht's dir gut?

Weiß ich doch!

↑ Gespräch ab hier in Flüsterstimme, zu 95% gehaucht.

Pssst! Man kann uns noch hören.

FLÜSTER...
FLÜSTER...

Nichts da, »Hey«! Was treibst du hier?!

Hier fängt jetzt der Gottesdienst an !!

Obergeschoss der alten Halle, Abstellfläche direkt über der Bühne.

Für die Gesamtzusammenfassung des Leistungsabschlussberichts, die ich machen soll, fehlten einige Dokumente.

Ich hatte vermutet, die Zuständigen hätten sie damals zusammen mit anderen Tabellen hier in den Abstellraum geschmissen. Volltreffer!

»Beschevert«?

Was ich fragen wollte... Wieso bist du trotz Arrest ausgerechnet hier?!

Bist du beschevert?!

LABER...

LABER...

KLONG...

Ach, hier habe ich auch einen verständnisvollen Senpai...

Hätt ich nicht gedacht. Danke, Zimmersprecher Maehara!

Bin wirklich gesegnet...

Als Zimmersprecher hab ich die Befugnis, dich beim Wohnheimsprecher krank zu melden.

Wenn du zur Schule kommst, wirst du automatisch Zielscheibe sein. Ich will nicht, dass du wieder krank wirst.

...

Seit drei Tagen haben wir uns nicht mehr gesprochen. Er geht mir aus dem Weg...

Langsam muss ich mit ihm reden.

Schule... Ich fehle zu lange.

Aber wichtiger ist...

Dass so ein Foto von ihm gemacht wurde, da trage ich Mitschuld...

3C

2. Kl. Kenji Kawamoto

4. Kl. Takashi Azuma

6.

Wartet, bis alle zur Schule gegangen sind.
↓

TIK...
TAK...
TIK...
TAK...

Aber wenn bald Frühlingsferien sind, wird's schon ruhig werden...

Aber in der Schule wie im Wohnheim herrscht eine ziemliche Aufregung.

Ob du oder Azuma... ihr zwei fallt halt auf.

...

Jener Eintrag am Montag...

[Jungenabteilung, 4. Klasse / Takashi Azuma-kun]

Motorradfahren ohne Führerschein, Rennen auf öffentlicher Straße und dann ein Unfall!!

posted by: (^_-)|ID:DXX-99(99)|20

Die älteren Schüler löschen den Eintrag und wollten jeden Post prüfen und freischalten.

Trotzdem...

... gab's am Dienstag neuen Zündstoff... Ein Bild mit Titel war hochgeladen.

[Jungenabteilung, 4. Klasse / Takashi Azum...

Mitten in der Nacht ein Kampf im Rotlichtviertel

Schon am Nachmittag wussten nicht nur die Schüler, sondern auch Lehrerschaft Bescheid.

Danach wurde Azuma das erste Mal herzitiert.

Schuldirektor

Außenübernachtung ohne Genehmigung und Schlägerei in einem Rotlichtviertel.

Fahren eines Motorrades ohne Führerschein sowie Vertuschung einer Unfallverletzung.

Wegen der genannten Verstöße gegen die Schulregeln…

… wird Takashi Azuma …

… die Zusage zum Schüleraustausch verwehrt …

… und er selbst von der Schule verwiesen.

DING

DONG ...

...

Wie lange
haben wir noch,
bis er geht...?

Ja, das hat sicher wehgetan. Tut mir Leid, dass ich dich ins Wettrennen geschickt hab.

Nein, danke.

GNI-HIH!

Dummkopf!

Wenn du mir davon erzählt hättest, hätte ich dich besser behandelt.

Unglaublich, bricht er sich selbst und dem Bike die Knochen!

Hia ha ha...

Aber, aber... Da stand nix im Weg und du baust einen Unfall?

Na ja, schon gut.

Hey!

Wie können Sie da so lachen?

Ausgeschlossen. Überhaupt ist der Hubraum von Moped und Motorrad ganz anders.

Nächst' Mal machen wir gemeinsam eine Tour bis Hokkaido!!

GOOD IDEA!!

Ich kann Ihren Hirnströmen nicht folgen.

Voller Ernst. →

Haben Sie sie noch alle?

Ach ja! Takayama sagt, er hat jetzt auch einen Moped-Führerschein. ♪

Tja, da hast du Recht.

Die zwei Riesen aus der Sechsten.

ZAPPA... ZAPPA...

... nur nach dem Motorrad gefragt... und dann gehen lassen?

Wieso »nur«? Aus ihm ist doch kaum was rauszukriegen.

... Und hast du ihn also...

SCHLURP

Tut mir Leid, Sakurai-kun. Nur wenn du gerade Zeit hast ...

Ist was?

Darf ich kurz?

Kein Problem, was denn?

SCHLEICH...

Herrje...

Es gibt auch Schüler, die sie benutzen.

oooooO

Ah, die Seite mit der unklaren Bedienung, die kaum deshalb besucht wird?

Unser gemeinsames schwarzes Brett auf der offiziellen Schul-Home-page...

Ich war seit Jahren nicht mehr drauf.

Takashi Azuma, 4. Klasse, Jun abteilung, ist in den Winterfer

posted by:(^_-)|ID:DXX-99(9

[kein Titel]

Takashi Azuma, 4. Klasse, Jungenabteilung, fährt ohne Führerschein Motorrad

posted by: (^_-)|ID:DXX-9

Wenn das nur Spam ist, können Sie's doch löschen.

TAK TAK

Du hast schon Recht, aber...

Könntest du dir das mal angucken?

[Generalprobe Absolvente

Bitte (Mädchenabteilung u an Nogi aus JG2

posted by: Nogi|ID:1K3-34(87)|2

Nur noch zwei
Wochen bis
dieser Senpai
die Schule
verlässt...

Der mich
so gut
verstanden
hat und
mir so oft
half...

Wieviel
Zeit bleibt
mir noch?

Nur noch
16 Tage
bis zum
Trimester-
Schluss.

Die vierte
Klasse geht
zu Ende, die
Frühlings-
ferien
kommen...
und dann
geht Azuma
...

Wenn das fehlt, kann nichts entstehen.

Genau. Wir hatten uns...

...früher gegenseitig beachtet. Deswegen...

Dass man von Leuten anerkannt werden möchte, ist ein Bedürfnis, das in jedem von uns steckt, vom Baby bis zum Erwachsenen - mal mehr, mal weniger.

Liebesbeziehungen und Freundschaften beginnen damit, sich »gegenseitig anzuerkennen« und »sich gegenseitig wertzuschätzen«.

Psychologie à la Maslow.

Völlig d'accord.

Da wundert's nicht, dass du etwas durchdrehst, wo du mit ihm die Freundschaft vertiefen möchtest.

Irgendwie ist Azuma unnötig dickköpfig.

Erröt...

...

Zum Teil liegt's am Fieber, aber wieso musste ich so viel...

Ich fühlte mich bei ihm so entspannt und hätte fast noch mehr ausgeplaudert.

Doch gefährlich, dieser Typ!

Echt gefährlich, dieser Typ !!

Eigentlich bin ich gefährlich!

Ach ja, dein Fieber...

WOFF!

Hm?

Was ist?

Wie eine Schildkröte.

Hap-hyuu

BC

Haha... Was für ein gemeiner Kerl.

Was soll das?

Aber ...

Bekam so was auch von Shiba zu hören →

Nicht wahr? Er ist doch etwas komisch.

Als ich ihm sagte, dass ich ihn liebe, meinte er nur, er wisse das.

Und es würde doch reichen, wenn wir uns einfach nur gegenseitig gern haben.

Was?

Mein Kopf war voll von Azuma und ich hab ihm aus heiterem Himmel ein Liebesgeständnis gemacht und eine Antwort erzwungen...

Aber das allein reicht mir überhaupt nicht.

Das ist überhaupt nicht komisch ...

So was nennt man »Bedürfnis nach Anerkennung«.

Du willst von Azuma beachtet werden.

Sagen Sie mal, Senpai ...

Bin ich vielleicht auch komisch?

Kurachi, schon völlig in Sorge, weil wir nicht kamen, musste mich aufs Zimmer tragen, hatte darum nicht mal Gelegenheit, mit uns zu schimpfen.

Gestern haben wir's vorm Abend ins Wohnheim geschafft, aber durch das Fieber war ich wie unter Drogen.

Ich stehe tief in Kurachis Schuld.

Wenn ich nach solchen Extrawürsten immer noch fehle...

... bin ich doch bald ei allen unten durch.

Fieber hin oder her, diese verdammten Kopfschmerzen!

Arrra

Zum Glück versteh ich mich mit den Mitbewohnern!

37,7

Noch grenzwertig oi!!

Mit Azuma habe ich seitdem nicht gesprochen.

P!

Ich muss mich zumindest blicken lassen.

Dafür hat mir gestern Abend Tasuku-Senpai einen Krankenbesuch abgestattet.

Utchiii... Danke... Schon gut.

Jo

KRIECH...

Ich sagte doch, keine Krankenbesuche ...!

U

Kannst du für mich nicht was drehen?

T

Oje!

Schon wieder entwischt.

Glückwunsch zum Job... Ähm, ich hab noch einen Termin!

HASTIG...

Senpai, war der aus der Fünften?

Kommt in die Fünfte.

(16) 4. Jahr an der Frauen-Universität (22) Aber nur in der Bibliothek

Ich beobachte dich doch nicht umsonst schon ein Jahr.

Nach dem Abschluss werde ich an der Schule bleiben als Bibliothekarin.

Aber ich hätt so gern noch als Studentin ein Date mit dir. ♡

GRUMMEL...

Keine Chance, der geht nächstes Jahr ins Ausland.

Ob ich's auch mal versuchen sollte?

Ein jüngerer Freund wär nicht schlecht. ♡

Wow, er sieht so erwachsen aus. ♡

Dummkopf...

Hach...

Er hat solch einen süßen Fan.

Tschuldigung...

Yuki, du Idiot!

Ja-wooohl.

Bitte die Pachira nicht vergessen!

So, ich checks mal die Schul-Homepage.

Häh?

Hey ...?!

Was für eine Nervensäge!!!

Nur weil er gutaussehend, intelligent und künftiger Star der Johoku ist... ...müssen Sie ihm noch lang keine schönen Augen machen.

Was?

Täntchen, halt ein!

▲ ein eifersüchtiger Azuma-Fan

Azuma-kun!

Ja?

Möchtest du zum PC-Raum?

Momentan sind alle Plätze von Sechstklässlern belegt.

Die seltene Gelegenheit mit einer Studentin zu reden.

Volltreffer! ♡

...

Es sind Pachira, nicht wahr? Ich sehe später nach.

Danke! ♡ Ich überlass das dir.

!

QUIETSCH ... KLONG

Wahrscheinlich hab ich ihn im PC stecken lassen.

Ja... Meinen USB-Stick.

Hö?

Hast du was liegen gelassen?

Danke, Sie haben mich gerettet! Aber woher wussten Sie, dass es mein...

Als ich am Tag des Leistungsberichts nach dem Rechten sah, hab ich ihn gefunden.

Alle Fundsachen bewahren wir am Empfang nach Datum sortiert auf.

USB-Sticks sind öfter dabei.

Zufällig der hier?

Oh... Der ist es!

Bitte...

Irgendwie muss man ihm doch helfen!!

Das tun wir gegenseitig. Aber muss sich deshalb etwas ändern?

Dieser Mistkerl …!!

Ich habe dir nur meine Gefühle mitgeteilt.

Aber jetzt verstehe ich!

Du musst dich dadurch nicht belastet fühlen.

Wenn die Bürde zu groß ist, kannst du ruhig alles vergessen.

Er meint das in vollem Ernst.

Hör zu!

... aber nicht, dass ich will, dass du mich liebst.

Ich verstehe kein Wort...

Aber...

... ich liebe dich doch auch!

Das weiß ich.

Ich habe dir zwar gesagt, dass ich dich liebe...

GLUCK
GLUCK...

Ratzeputz!

Ähm
...

!

Tschuldige!
Ich muss
noch
mal zum
Kranken-
haus.

Azuma
?!

KLONG

Ach, dein
Gepäck...!

Jo, geh
bitte
vor...

Ich werd
Akio-
san mal
schreiben.

Wie ging
das noch
mal?

Wer ist das?
Ein Bekannter?

Huch
?

Lass es
stehen.

Was?
Keine
Sorge...
Ich warte
hier auf
dich.

Gut.

Wenn
was
ist, ruf
Akio
an...

Also,
ich lass
mein
Handy
da.

Gefallen mir zwar... ♡

Oh, aber das geht doch nicht...

Kein Problem. Als Dankeschön für den Hasen. Seit gestern geht's der Madame zeitweilig besser.

Es sei ein Wunder...

Steht dir wirklich gut! Behalt sie, wenn du willst. ♡

Wusst ich's doch, dass dir meine Sachen besser stehen.

Aber das ist für Männer. Hab's nur einmal getragen...

Da gab es mal einen Mann...

Ich kenne so was gar nicht. Männer, die das sagen können, sind leider rar gesät.

Noch mal... zu deinem »Ich liebe dich«...

Jo-kun, bist du etwa verliebt?

»Aufgelesen«?

Wie so oft ist mir das »Zweite Heim« ein Rätsel.

Der ehemalige Präsident, der mich und Takashi aufgelesen hat.

Und die Madame war sein Schatz!

Er konnte es so entkrampft über die Lippen bringen.

Es war der Mann von Madame.

... dem diese Worte standen und der sie auch gebraucht hat.

Herr Doktor...

Herrje!

Takashi-kuns Verletzung neulich war viel schlimmer. Er hatte mit dem Motorrad einen Unfall und ich wurde nachts aus dem Bett geschmissen.

Ich kam mir vor wie ein Verbrecherarzt.

Denn die Polizei hat er auch nicht gerufen.

Entschuldigung!

Ist ja auch schon 9 Uhr.

Alte Menschen wie ich stehen auch sonntags früh auf. Und der Patient sollte sich nicht sorgen, sondern ruhen.

...

Na ja, versuch wenigstens bei deinen Eskapaden nicht zu sterben.

Takashi-kun machte viel Ärger, aber er war ein besonderer Liebling des Präsidenten. Selbst heute noch...

Von wem...?!

Das ist ja pink!!

Ist das etwa Azumas...?

Bevor ich ins Wohnheim zurückgehe, will ich auch bei Kimi-san vorbeischauen... Upps?

In der Uniform fällst du auf, wir nehmen sie so mit.

Hier, was zum Anziehen...

...für dich.

Werd nicht übermütig, das ist nur vorübergehend.

WUNDERSAME GÖTTERHÄNDE!

Das Fieber ist auch gesunken.

Ich flieeege!!

Wooow!!

Der alte Doc ist echt toll!!

Wenn ich bis zum Mittag schlafe, wird mir vielleicht besser...

SCHLAPP...

Sor...

Streng dich nicht an... wollt ich gerade sagen, aber...

Nach dieser Sache ...

... hab ich glatt Fieber bekommen.

Tja... Wie ich's mir dachte.

Hm, da müssen wir was anderes ausprobieren!

?

38,3 Grad.

Es geht nicht runter.

...

Herr Doktor, heut ist doch Sonntag und ihr freier Tag...

Azuma, wo...? Bei Kimi-san ...?

Erst mal hab ich ihm eine Infusion gegeben und bestimme Punkte massiert, um seinen Körper zu lockern... Das war's.

Das genügt schon.

Das hier ist wirklich nur provisorisch.

KLENG...

Auf Englisch klingt das immer viel cooler...

Leider hat's dadurch weniger Gewicht...

»Ich liebe dich.«

Gleich nach dem Leistungs-abschlussbericht...

... habe ich den ganzen Rest Kurachi aufgedrückt und bin Azuma ins Krankenhaus zu Kimi-san gefolgt

Es führte dazu, dass er in seinem zweiten Heim ein schockierendes Geständnis machte...

Und jetzt... am Tag darauf...

... sitz ich ganz allein in einem Restaurant mit einem Becher Schoko-Eis.

Das Demian-Syndrom

I Love You

Das Demian-Syndrom
MAMIYA OKI

7

INHALT

Zur Erläuterung der Klassenbezeichnungen

In Japan folgen nach der Grundschule (6 Jahre) die Mittelschule (3 Jahre) und die Oberschule (3 Jahre). Ein »Erstklässler« der Oberschule entspricht somit einem deutschen Zehntklässler.

Die Johoku ist allerdings eine Privatschule, die alle drei Stufen integriert hat, wobei Mittel- und Oberstufe zusammengefasst werden. Wenn in diesem Manga beispielsweise von einem »Viertklässler« die Rede ist, ist also eigentlich ein Zehntklässler gemeint.